까유 동생 까미

교과 연계
국어 3학년 2학기 9단원 작품 속 인물이 되어
국어 4학년 1학기 8단원 이런 제안 어때요
국어 5학년 1학기 1단원 대화와 공감
국어 6학년 2학기 8단원 작품으로 경험하기

즐거운 동화여행 198

까유 동생 까미

2024년 12월 20일 초판 1쇄

글 조연화   그림 김지영
펴낸이 김숙분   디자인 김은혜   홍보 · 마케팅 최태수
펴낸 곳 (주)도서출판 가문비   출판등록 제 300-2005-60호
주소 (06732) 서울 서초구 서운로 19, 1711호(서초동, 서초월드오피스텔)
전화 02)587-4244~5   팩스 02)587-4246   이메일 gamoonbee21@naver.com
홈페이지 www.gamoonbee.com   블로그 blog.naver.com/gamoonbee21/
제조국 대한민국   사용 연령 8세 이상
주의사항 종이에 베이거나 긁히지 않게 조심하세요.

ISBN 978-89-6902-750-4 73810

ⓒ 2024 조연화

까유 동생 까미

조연화 글 김지영 그림

가문비
어린이

차례

작가의 말

얼마 전 커다란 살구나무 아래를 지나게 되었어요.

그늘에 모여 노는 아이들도, 무성한 잎사귀와 살구도 아름다웠어요.

향긋한 냄새도 기분 좋았지요.

길을 멈추고 한참 동안 바라보았어요.

잠시 상상해 보았어요.

'저 커다란 나무에 가지가 하나, 잎과 열매도 하나라면? 살구나무
를 보는 아이도 한 명뿐이라면 어떨까?'

곧 고개를 가로저었어요.

그건 정말 상상하기도 싫은 일이었어요.

우리도 나무예요.

자라고 열매 맺고, 세상에 선한 영향을 뿜어내지요.

하지만 우리가 씨앗을 남기지 않거나, 단 한 개의 씨앗만 남긴다면 어떻게 될까요?

세상의 모습이 달라질 거예요.

이 책을 읽는 이가 풍성한 열매와 씨앗을 뿌리는 그 멋진 날을 꿈 꾸며….

조연화

1. 백 살 할머니 집

난 엄마 눈치를 보면서 까망이 사료와 간식을 챙겼어.

'다 큰 개는 하룻밤 혼자 둬도 돼!'라고 엄마가 말하기 전에 빨리 데리고 나가야 해.

그게 말이 돼? 내 하나뿐인 동생 까망이는 이제 겨우 5개월밖에 안 됐어. 아직 강아지란 말이야.

증조할머니 집에 가서 하룻밤 자고 온다잖아.

강아지가 무슨 동생이냐고? 까망이가 나에게 얼마나 큰 위로가 되는데.

까맣고 복슬복슬, 꼬불꼬불한 털이 나랑 쏙 닮았어.

가장 친한 친구 수연이에게는 한 살 어린 동생이 있지. 우리 학교 2학년이야.

경주는 예쁜 옷이 많아. 알고 봤더니, 연년생 언니가 있더라고. 언니랑 옷을 서로 바꿔 가며 함께 입는대.

경주 엄마가 오랫동안 아기를 갖지 못해서 아기를 입양했는데, 그 뒤 바로 경주를 임신했다는 거야. 그래서 연년생이 된 거지.

둘이 진짜 사이가 좋아.

중수는 일곱 살 많은 누나와 여덟 살 많은 형이 있대. 형은 숙제를 도와주고 누나는 로제 떡볶이도 만들어준대.

얼마나 좋을까?

친구 중에서 나만 외동이야. 친구들은 집에 가도 놀 사람이 있는데, 나만 혼자라고.

학원에서 돌아오면, 엄마, 아빠가 퇴근할 때까지 혼자 있어야 해.

집이 얼마나 크게 느껴지는지!

나는 그 큰 집에서 작은 그림자처럼 느껴져.

그게 싫어서 수연이와 수연이 동생을 자주 집에 데려와.

그런데 학기 초에 학교에서 수연이랑 다툰 적이 있어.

너무 심심했어.

수연이는 내가 없어도 별로 불편한 것 같지 않더라고.

집에 동생이랑 같이 가고, 함께 놀겠지.

수연이가 잘못한 건데 결국 내가 사과했어.

가끔 바빠서 엄마, 아빠 눌 다 저녁 늦게 올 때가 있어. 그런 날엔 치킨을 시켜 먹지.

치즈 가루가 눈처럼 뿌려진 맛있는 치킨. 이상한 건 그럴 때마다 맛없는 치킨이 배달오더라고.

중수는 부럽대. 자기 집은 형이랑 누나랑 서로 닭 다리 먹겠다고 가위바위보 한다는 거야. 나는 혼자 다 먹으니까 부럽대.

말은 안 했지만, 속으로 중수가 부러웠어. 누나랑 형이 중수에게는 먼저 닭 다리를 준다잖아.

중수네 집에 가본 적 있어. 우리 집보다 훨씬 작은 집이었지. 중수랑 형은 같은 방을 쓰고, 거실도 좁았어.

시끄럽고 좁은 그 집에 있는 시간 동안 난 참 즐거웠어.

그리고 그때 알았어.

맛없는 치킨이 배달 온 게 아니었다는 거, 혼자 먹으면 뭘 먹어도 맛이 없다는걸.

동생을 낳아달라고 말하지 그랬냐고?

당연히 열 번도 넘게 졸라봤지.

엄마가 절대로 안 된대.

제대로 입히고 가르치려면, 돈이 많이 들어서 둘은 못 키운대.

아기를 키우느라 일을 쉬면, 엄마 경력에도 문제가 생긴대.

아빠는 한숨만 푹푹 쉬면서 아무 말도 안 했어.

몇 달 전이었어.

그때도 '동생, 동생!' 하며 며칠 동안 떼를 썼지.

"동생 생겨봐. 너도 금방 싫어질걸? 여행은커녕, 외식도 못 하고, 엄만 동생 키우느라 넌 봐주지도 못할 거고, 옷도 지금처럼 못 사주고, 학원도 못 다녀."

"그래도 불 꺼진 집에 혼자 있는 것보다 그게 좋아."

"얘엔? 불을 켜지 왜 *끄고* 있니?"

엄마가 눈을 흘겼어.

난 아빠를 간절한 얼굴로 돌아봤어.

그러고는 소리쳤지.

"정말 엄마랑 말이 안 통해!"

난 내 방으로 들어와 버렸어.

하지만 문은 살짝 열어뒀어.

혹시 아빠가 엄마를 설득해 주진 않을까, 속으로 기대했거든.

"여보, 당신은 하나뿐인 자식에게 그렇게 쌀쌀하게 대해야겠어?"

역시 아빠가 엄마에게 따지는 소리가 들려왔어.

"그래서 그러는 거야. 혼자니까 더 스스로 강하게 자라라고 말이
야. 혼자라 안쓰럽다고 하나하나 다 신경 써주고 들어주다 보면,
응석받이 돼. 그럼 혼자 이 험한 세상을 어떻게 살겠어."

체, 그러면 동생을 낳아 주면 되잖아.

하지만 아빠는 더 이상 대답하지 않았어.

난 이불을 뒤집어쓰고 저녁도 먹지 않았어.

엄마는 이모랑 그렇게 사이가 좋으면서 왜 내 마음을 이해 못 할
까? 엄마가 정말 원망스러웠어. 화가 많이 났어.

까무룩 잠이 들었어.

그러다 엄마 전화벨 소리를 듣고 잠이 깼어.

엄마가 친구랑 전화 통화하는 걸 듣게 됐어.

"난 빠질게. 우리 까유가 아직 어리잖아."

엄마 친구들이 함께 며칠 여행가는데, 나 때문에 엄마는 가지 않겠
다는 거였어.

"아침에 학교도 보내줘야 하고, 눈 마주치며 저녁도 먹고, 숙제도 봐줘야 해. 직장 다닌다고 낮에 같이 있어 주지 못해 미안한데, 여행이라니!"

그런데 엄마 마지막 말에 마음이 찡했어.

"안 부러워. 나도 나중에 갈 건데 뭐. 난 세상에서 우리 딸이 제일 중요해."

정말 엄마는 조금도 아쉬워하거나, 친구들을 부러워하는 목소리가 아니었어.

그때 생각했지.

'엄마가 표현은 잘 안 하지만, 날 아끼는구나!'

만약 아기가 태어나면 엄만 그 여행을 아예 못 가게 되겠지. 그리고 엄마 경력에도 큰 문제가 생긴다고 했잖아.

더 이상 조르지 않아야겠다고 생각했어.

그리고 더 용감해져야겠다는 생각이 들었어.

엄마, 아빠가 퇴근하기 전에는 언제나 혼자 지내야 하잖아.

고민이 생기거나 학교에서 친구들과 속상한 일이 생겨도 아무한테도 이야기 안 하고 혼자 해결하기 시작했어.

엄마가 아침마다 학교 갈 때 챙겨주는 텀블러처럼, 내 마음속에도 텀블러를 두기로 했어.

그 속에 화나는 마음, 선생님이 미운 마음, 혼자라서 외로운 마음도 다 텀블러에 담는 연습을 했어.

텀블러가 꽉 차서 더 이상 담을 수 없을 때는 한 번에 다 비워 버리시.

한 번 실컷 울고 나면 돼.

하지만 자주 울지는 않았어.

바로 까망이가 생겼기 때문이야.

다음 날이었어.

"까유야!"

아빠가 날 부르며 털이 복슬복슬하고 까만 강아지를 안고 들어왔어.

"망망."

"이제부터 얘가 네 동생이야. 네가 이름 지어줄래?"

바로 까망이였어.

"와, 귀엽다. 내 이름이 까유니까 까망이라고 부를래."

내 이름이 좀 특이하지? 내 진짜 이름은 가유야. 그런데 왜 까유라고 부르냐고?

가유가 발음하기 어렵고, 까유가 더 귀엽잖아.

그것 말고도 또 이유가 또 있지만, 말하고 싶지 않아. 어차피 이모만 그런 뜻으로 부르는걸.

"까유와 까망이, 좋은데?"

까만 털 뭉치 같던 조그만 까망이가 무럭무럭 자라는데 뿌듯하더라고.

얼마나 사랑스럽던지!

더 이상 혼자가 아니라서 좋았어.

진짜 사람 동생이면 더 좋겠지만, 그래도 좋아.

우린 언제나 함께했어.

나도 까망이도 서로가 없이는 하룻밤도 잘 수 없다고.

나는 까망이 집 속에서 방석을 꺼내 내 가방에 넣었어. 까망이는 방석만 있어도 그 위에서 잘 자거든.

"꼭 까망이를 데려가야겠어? 증조할머니 생신이라 친척이 다 모인다고! 사람이 많은데, 개가 짖으면 얼마나 정신없겠니? 배변 실수라도 해 봐. 얼마나 복잡해지는지 알아?"

증조할머니는 엄마의 외할머니인데, 올해 백 살이 되셨어. 오늘이 바로 백 번째 생신 잔칫날이고. 그래서 우리도 증조할머니 집에 가려는 거야.

"안 그래도 증조할머니는 나랑 이모를 맘에 안 들어 하신단 말이야."

엄마가 현관문을 막아선 채 큰 소리로 말했어.

난 아빠를 바라봤어. 도움을 요청하는 거지.

"까유가 잘할 거야. 증조할머니도 강아지 좋아하시잖아. 그렇지, 까유?"

아빠가 내 어깨에 손을 얹고 말했어.

"응. 물론이지!"

나는 허리를 굽혀 엄마 다리 사이로 빠져나왔어. 그리고 다람쥐처럼 현관 밖으로 나왔어.

"까유야, 윤가유!"

엄마가 불렀지만, 못 들은 척했어.

엘리베이터에 타고 얼른 문을 닫았어.

성공이라고 안심하려는데, 엘리베이터 문이 열리고 그 사이로 엄마 얼굴이 나타났어.

하지만 엄마는 더 이상 아무 말 안 했어.

무사히 1층 현관을 빠져나왔지.

휴, 안심이야.

"드디어 살구가 열렸네?"

아파트 화단을 지나는데, 아빠가 살구나무를 바라보았어.

몇 해 전에 증조할머니 집 마당에 씨앗이 떨어져 자라난 아기 살구나무를 옮겨다 심은 거래. 내가 떼를 써서 그랬다는데, 기억이 안 나.

"아빠, 겨우 한 개 열린걸, 뭐."

내가 그제도 봤어. 살구는 딱 한 개 열렸어. 꽃은 많이 피었었는데 말이야.

살구가 외로워 보여서 싫었어.

"두 개 열렸는걸?"

아빠가 손가락으로 가리켰어.

"정말?"

진짜야. 꽤 자란 살구 바로 옆에 작은 살구가 달려있어.

아기 살구를 보니 기분이 좋아.

떨어지지 않고 잘 크면 좋겠어.

"진짜 살구가 두 개네?"

엄마도 내 옆에 서서 살구를 열심히 바라보았어.

"처형 데리러 간다고 했지?"

아빠는 이모를 처형이라고 불러.

"아, 맞다. 언니가 기다리겠다."

엄마, 아빠는 서둘러 차로 향했어.

"왈왈왈."

나도 까망이와 나란히 차를 향해 달렸어.

"언니! 지금 출발했어. 거기서 기다려."

엄마는 이모랑 통화하면서 웃었어.

우리 이모는 마흔 살인데, 나홀봄 아파트에 살아.

나는 처음에 나홀봄이 외국말인 줄 알았어. 알고 보니 나홀봄은 '나 홀로 봄날'의 줄임말이었어.

결혼 안 하는 사람이 모여 사는 아파트래. 우리 아파트에서 5분 거리에 있어.

"안녕하세요?"

"오냐."

이모가 차 문을 열고 내 옆자리에 앉았어.

"언니!"

엄마가 환한 얼굴로 이모를 향해 뒤돌아봤어.

"잘 지냈어, 묘령아?"

묘령이가 누구냐고? 우리 엄마 이름이야. 이모 이름은 혜령이래.

이모는 앉자마자 몸을 앞으로 숙여서 엄마를 덥석 안았어.

다른 사람이 보면 십 년 만에 만나는 줄 알 거야.

둘은 다섯 살이나 차이 나는데 연필과 지우개처럼, 아니 휴대전화
와 휴대전화 껍데기처럼 친해.

"그랬어? 하하하하."

"그래, 그래. 하하하하."

이모와 엄마의 귀 따가운 수다를 듣다 보니, 어느새 증조할머니 동
네에 거의 다 왔어.

2. 잃어버렸어

아빠 휴대전화가 요란하게 울렸어.

"아빠, 힘내세요. 띠리리리."

벨 소리가 유치하지? 내가 1학년 때 아빠 생일에 부른 노래야. 그
걸 녹음해서 여태 벨 소리로 쓰고 있어.

"아유, 재부는 요렇게 새까만 까유가 그렇게 좋아? 언제 적 부른 노
래인데, 아직도 벨 소리로 써?"

이모가 난데없이 내 볼을 잡으며 깔깔거렸어.

정말 싫어. 자기 얼굴도 까무잡잡하면서!

사실, 돌아가신 외할아버지 얼굴이 무척 까맸대.

"이렇게 노래 잘하는 애 있으면 나와 보라고 해요, 처형."

아빠는 전화 받는 와중에도 내 편을 들었어.

"뭘, 그 정도로 호들갑이야. 우리 묘령이는 그보다 열 배는 잘했어."

외할머니 말이 맞는 것 같아. 결혼을 안 해서 이모가 철이 안 들었다는 말 말이야.

그리니께 이니뿐인 소카나 놀려먹지.

"네! 당연하지요, 어머님."

전화를 걸어 온 사람이 할머니인가 봐.

아, 근데 우리는 그냥 외할머니를 할머니라고 불러. 지금 생신을 맞은 증조할머니도 외증조할머닌데 증조할머니라고 불러.

할머니가 차에 싣고 갈 짐이 있다고 들르라고 하는 것 같아.

그게 무얼까 생각하는데 습, 침이 고여.

푹 익어서 새콤한 김치, 부드러운 닭고기와 시원한 국물!

내 예감대로라면, 닭김치찜일 거야.

우리가 놀러 갈 때마다 할머니가 해 주시거든. 명절이랑 할아버지 제사, 할머니 생신날에도 해 주셔.

증조할머니께 배운 거래. 김치가 맛있어서 그런지, 진짜 맛있어.

조용한 동네가 나타났어. 냇물이 흐르고, 예쁜 풀꽃들이 한들거려.

할머니 동네에 들어선 거지.

"내가 어릴 때는 저 냇물에서 물고기를 잡고 놀았지, 하하."

"그랬지, 언니. 겨울에 언니가 바위를 내리치면, 바위틈에서 겨울 잠자던 물고기들이 기절한 듯 둥둥 떠올랐잖아. 내가 졸졸 따라다니면서 양동이에 주워 담았지."

엄마랑 이모는 깔깔거리며 웃었어.

"하하. 대단한 여전사들이었군."

아빠도 웃었어. 엄마랑 이모랑 수다 떠는 게 아빠는 참 좋대. 아빠는 나처럼 외동이야.

몇 년 전에 할머니에 이어 할아버지까지 돌아가셨어.

그 뒤 부쩍 외갓집 식구들을 더 좋아하게 되신 거래.

"크크크, 온 동네 애들이 우리한테 꼼짝 못 했지."

"사실 언니한테 꼼짝 못 한 거지. 난 언니 덕을 좀 봤지, 하하."

엄마와 이모의 수다를 듣다 보니 어느새 할머니 집이야.

할머니가 대문 앞에 나와 계셔.

"어서 오너라. 고생 많았지?"

할머니 옆에는 역시 커다란 솥과 커다란 반찬통이 있어. 음~, 맛있는 닭김치찜 냄새가 솔솔 풍겨와.

"왜 나와 계셔요, 어머님."

아빠가 얼른 내려서 차에 짐을 실었어.

"안녕하세요, 할머니."

나도 내려서 할머니를 안아드렸어.

할머니를 보면 기분이 좋아져. 날 정말 예뻐해 주시거든.

"이유! 아나뿐인 우리 손녀, 까유."

나를 꼭 안아주었어. 할머니 이마에 주름이 예전보다 더 깊어진 것 같아.

"아유, 엄마는 뭘 이렇게 많이 하셨어. 허리 아프면 어쩌려고 그래. 엄마 몸은 엄마가 아껴야지. 우리가 대신 못 아파 준다고."

이모가 큰 소리로 말했어.

"고맙다, 고마워. 효녀 났네. 하라는 결혼은 안…."

"엄마! 결혼 이야기는 안 하기로 했잖아."

이모가 외할머니 말을 뚝 잘랐어.

할머니가 이모를 살짝 흘겨봤어.

"그래, 엄마. 언니한테 결혼해라, 나한테 애 더 낳아라, 그런 말 안 하기로 했잖아."

엄마가 이모를 거들었어.

"알았다."

할머니가 살짝 한숨을 쉬었어. 그리고 조용히 내 머리를 쓰다듬으셨어.

"아유, 까유 동생 많이 컸네."

그러다 까망이를 보고 웃었어.

까망이가 할머니 손을 열심히 핥았어.

자기를 사랑해 주는 사람을 잘 알아봐.

"윤 서방, 바쁠 텐데 시간 내서 처가 식구들까지 태우고 가느라 고생하네."

"당연한 일인걸요."

"당연하긴? 고마운 일이지."

할머니가 웃었어. 하지만 어쩐지 쓸쓸해 보여.

증조할머니 집은 할머니 댁에서 차로 십오 분쯤 걸리는 곳이야.

증조할머니 동네에 막 들어섰을 때였어.

좁은 길에 차가 가득 차 있어.

"웬일이지? 길이 이렇게 막히다니."

아빠가 창밖으로 고개를 빼고 앞을 바라봤어.

"어머, 묘령아. 그새 마을 회관을 다 지었다."

"그러게, 언니. 얼마 전에 왔을 때도 기초공사하고 있었는데."

이모와 엄마도 창밖으로 고개를 빼고 바라봤어.

"마을 회관 앞에서 갑자기 길이 구부러지면서 좁아지고 있어. 그런 데 내비게이션에는 예전처럼 넓은 길로 나오네."

막 지은 건물이라 아직 내비게이션에 입력이 안 되어 있어서 좁은 길로 가라고 안내하나 봐. 그래서 차가 막히는 거래.

"빵빵."

"빠라밤빰."

아수라장이야. 마을 회관 앞에 나와 서 있는 할머니와 할아버지들이 귀를 막았어.

아빠는 조수석 서랍에서 호루라기와 경광봉을 꺼내 들었어.

"도로 정리 좀 해야겠어. 당신이 운전 좀 해요."

엄마가 차에서 내려 운전석으로 가서 앉았어.

아빠는 호루라기를 물고 구부러진 길을 돌아서 뛰어갔어.

"호르르륵."

호루라기 소리가 계속 들렸어. 아빠가 멋지다는 생각이 들어.

"끙끙 끄응."

그런데 까망이가 끙끙거려. 답답한가 봐.

혹시 쉬하고 싶은지도 몰라.

"까망이 바람 좀 쐬어 주고 올게요."

"아유, 쟤는 개를 왜 데려와서."

"그러게 말이야, 언니. 요새 통 내 말을 안 듣는다니까?"

"어서 다녀와라, 까유야. 동생을 잘 보살피는구나."

할머니가 큰 소리로 말했어.

"왈왈왈."

까망이는 발이 땅에 닿자마자 신나서 마을 회관 뜰로 달려갔어. 그곳에 파릇하게 자라난 봄풀이 수북했어. 풀잎 사이에 핀 노란 민들레가 참 예뻐.

까망이가 민들레 냄새를 맡더니, 근처에 시원하게 쉬를 했어.

할머니 한 분이 내게 말했어.

"정월단 할머니 댁에 가는 길이쟈?"

"어? 어떻게 아셨어요? 우리 증조할머니예요."

"오늘이 그 냥반 백 세 생신이잖아. 동네 경사라서 우리도 가려는 중이야."

"우리는 만두를 열 솥이나 쪘지."

다른 할머니가 거들면서 회관 안을 가리켰어. 정말로 할머니들이 솥에서 만두를 꺼내 담고 있었어.

“어르신이 아주 건강하게 백 세 생신을 맞았으니, 동네 경사지. 이장님은 물론이고 면장님도 가실 거란다.”

난 깜짝 놀랐어. 우리 증조할머니가 이렇게 유명한 분일 줄이야.

“너 느그 증조할매가 얼마나 훌륭하신 분인지 모르고 있는 거냐? 정월단 할매가 마을에 도로도 내주고, 폐교될 뻔한 핵교에 투자를 많이혀서 핵교도 살리셨어야. 그 핵교 댕길라고 이사를 온당게. 여기 차들이 다 너그 증조할매한테 가는 사람들이여. 느그 증조할매 자식들, 손주들만 해도 엄청나잖아.”

난 연거푸 놀라고 말았어. 평소에는 이곳에 차 한 대 들어올 일이 없다는 거야.

그렇게 훌륭한 분이 우리 증조할머니라니!

기대돼.

이 많은 사람 대부분이 다 내 친척이라는 말이잖아.

친척 중에 내 또래 아이도 많다고 들었거든.

야호, 신나. 나한테 동생이 생길지도 몰라. 언니나 오빠도 좋아.

얼른 우리 차를 향해 달렸어.

눈치 빠른 까망이가 앞장서서 콩콩 달려갔어.

아빠가 도로 정리를 해서 그런지, 어느새 길이 뚫려있어. 더 이상

멈춰 서 있는 차들이 없어. 모두 쌩쌩 달리고 있어.

어? 어떡해!

우리 차도, 엄마, 아빠도 보이지 않아.

가 버렸나 봐. 말도 안 돼. 어떻게 날 두고 갈 수 있어?

하지만 가만히 생각해 보니, 이해도 돼. 한 줄로 따닥따닥 붙어 서 있던 차들이 앞으로 달리니까 어쩔 수 없었을 것 같아.

"전화해 봐야지."

맙소사! 주머니 속이 텅 비었어.

휴대전화를 차에 두고 내린 것 같아.

'어떡하지?'

난 잠시 멍하니 서 있었어.

"어쩔 수 없지. 여기서 그다지 멀
지 않을 거야."

증조할머니 집을 찾아가기로 마음
먹었어.

최고의 개 코, 까망이가 우리 차
냄새를 찾아낼 거야.

나도 길을 아주 잘 찾는 편이야.

3. 드디어 동생이 생겼어

"까망이 탐정. 네 코가 정말 중요해."

난 까망이 눈을 빤히 쳐다보며 말했어.

"우리 차를 쫓아가는 거야, 알았지?"

까망이는 말을 잘 알아들어. 포도알 같은 눈으로 바라보더니, 내 손을 핥았어.

자기가 옆에 있으니 겁내지 말라고, 엄마와 아빠를 찾을 수 있다고 위로해 주는 거야.

까망이가 달려 나가기 시작했어. 자신 있나 봐.

나도 따라 달렸어.

어차피 길은 하나야. 오른쪽으로 갈라지는 길이 나왔지만, 자전거만 지나갈 만큼 좁은 길이야.

조금 달리자 커다란 나무가 나왔어.

나무 아래에 정자가 보여. 거기에 여자아이 둘이 앉아 있어. 내 또래 아이와 두어 살 많아 보이는 언니야. 자매 같은데, 어디서 많이 본 것 같아.

"기다려, 까망아."

난 까망이 목줄을 조금 당겼어. 멈추라는 뜻이지.

생각났어. 할머니 집에서 만난 적이 있어.

"정월단 할머니 생신 잔치에 가는 거지?"

난 신나서 소리쳤어.

둘은 막 일어서려다 날 돌아봤어.

"아~, 설날에 봤다. 이모할머니 손녀지? 까, 까, 이름이 뭐더라?"

둘 중 키가 큰 언니가 내 이름을 물었어. 우리 할머니를 이모할머니라고 부르나 봐.

"가유, 윤까유."

아뿔싸, 가유라고 하고 싶었는데 또 발음이 너무 셌어.

"까유! 얼굴이 까매서 까유?"

동생이 말했어.

"하하, 미안해. 우리 소민이가 어려서 그래. 난 소은이야."

"괜찮아, 소은이 언니. 우리 집에서도 까유라고 불러. 가유보다 까유가 발음하기도 쉽고 귀엽대."

드디어 친척 언니와 동생을 만난 거야. 물론 얼굴이 까맣다는 말은 내가 정말 듣기 싫어하는 말이야.

하지만 지금은 상관없어.

내게 언니와 동생이 생기는 순간이잖아!

예전에 할머니가 그랬어.

친척 언니와 동생도 분명히 진짜 언니, 동생이니 가깝게 잘 지내라고. 그러면 친자매처럼 된다고.

"어, 강아지다."

소민이가 외쳤어. 나보다 두 살 어린 1학년이래. 소은이 언니는 5학년이고.

"비숑이구나?"

소은이 언니는 강아지에 대해 잘 아나 봐.

둘은 까망이를 보고 굉장히 좋아했어.

"언니도 우리처럼 차에서 내렸다가 길 잃어버린 거야?"

아, 기분 좋아. 나를 언니라고 부르다니! 수연이 동생도 날 언니라

고 부르지만, 이건 달라.

내가 진짜 언니인 거잖아.

언니는 부모님께 전화를 해뒀대. 걸어가겠다고 말이야.

그랬더니 그냥 주욱 앞으로만 오면 된다고, 길이 쉽다고 했다는 거야.

"걱정 마, 아빠. 언니랑 동생이랑 까망이랑 잘 찾아갈 테니까."

나도 전화를 빌려서 아빠를 안심시켰어.

난 주머니에 손을 넣었어. 비상용 마이쭈 한 통이 있거든.

비상용이 뭐냐면, 혼자라서 외로울 때가 있잖아. 그때 마이쭈를 먹으면 기분이 나아지거든. 그래서 항상 비상용 마이쭈를 갖고 다녀.

"이거 먹을래?"

소민이가 엄청나게 좋아했어.

"증조할머니 집까지 15분만 더 걸으면 돼. 구경하면서 가자."

소은이 언니는 휴대전화에 나오는 지도 앱을 보며 말했어.

"좋아."

난 정말 좋았어.

15분 동안 걸으면서 더 친해질 수 있잖아. 풀냄새, 나무 냄새 맡으며 걷는 시골길이 꽤 좋아.

양옆으로 파릇한 풀과 노란 풀꽃들이 예쁘게 피어 있어.

"소은이 언니, 어디 살아?"

가까운 곳에 살면 주말이나 방학 때 놀러 가고 싶어서 물었어. 소은이 언니랑 소민이랑 며칠 지내면 정말 즐거울 거야.

수년이랑 경수랑 파자마 파티를 한 적 있어. 재미있었지.

하지만 며칠 동안 지내지는 못해. 그런 건 자매 사이에만 할 수 있는 일이잖아.

"우리는 부산 살아. 우리 사투리 쓰지 않니? 호호호."

소은이 언니가 입을 가리고 웃었어. 손가락 사이로 언니의 덧니가 보여.

언니지만 정말 귀엽다는 생각이 들었어.

"우린 지금 사투리 안 쓰려고 노력하는 중이야."

소민이도 까르르 웃었어.

우린 걸으며 서로 사투리 놀이를 했어.

서로 자기 동네 이야기도 했어.

"저기 항꾸네 슈퍼에서 아이스크림 사 먹고 가자."

소은이 언니가 가게를 가리켰어.

"항꾸네 슈퍼? 항꾸네가 뭐지?"

소민이가 고개를 갸웃했어.

"항꾸네는 '함께'라는 뜻이여. 전라도 사투리재. 허허."

슈퍼 할머니가 웃었어.

"셋이 자매로구나? 사이가 좋아 보이네?"

할머니가 마지막에 덧붙인 말에 가슴이 설레었어.

"네! 얘는 친동생이고요, 얘는 친척 동생이에요."

소은이 언니가 굳이 설명해서 분위기를 깨긴 했지만 말이야.

그래도 '네!' 하고 대답했어. 친척 동생도 동생이잖아?

기분 좋은 봄날이야.

아빠 차에서 내리길 정말 잘했어.

"와, 언니들. 저 나무 참 멋지다."

소민이가 가리키는 곳에 연둣빛 잎사귀를 풍성하게 단 나무가 우람한 자태를 뽐내며 서 있어.

"언니, 우리 잘 가고 있는 것 같아. 저 나무 본 기억 나."

나는 자신 있게 말했어.

"증조할머니 댁에 있는 거랑 같은 나무구나."

"맞아, 소은이 언니. 살구나무야."

"왈왈왈."

까망이도 맞다는 듯 반갑게 짖었지.

"그런데 여기서부터 헷갈리네."

소은이 언니는 길 찾기 앱을 봐도 잘 모르겠다고 했어.

나무를 끼고 오솔길이 네 개로 갈라지는데, 그중 하나가 너무 좁아서 빈 나오나 봐. 앱에는 세 개만 나와 있어.

"우리 까망이가 찾을 거야."

아빠가 까망이 후각이 유별나게 뛰어나다고 했거든.

휴가 갔던 곳에서도 까망이가 앞장서서 민박집을 찾아가곤 해.

"에이, 까망이보다 우리 언니가 더 똑똑해."

소민이가 입을 삐죽였어.

"아니야. 개는 아주 먼 길도 잘 찾아가."

소은이 언니가 까망이를 쓰다듬었어.

"까망아, 우리 차 냄새를 따라가. 아빠랑 엄마한테 가는 거야."

까망이가 내 말을 알아들었다는 듯 짖었어.

그리고 콩콩거리며 앞장서 걸었어.

곧 차가 다닐만한 넓은 길이 나왔어. 그러더니 곧 귀를 나풀거리며 달리기 시작했어.

우리도 까망이를 따라서 뛰었어.

"여기 아닌 것 같은데?"

소민이가 따라오며 투덜거렸어.

'두고 보라지. 우리 까망이에게 반할걸?'

난 속으로 생각하며 까망이를 따라 달렸어.

"이렇게 멀었었나?"

한참 후, 소은이 언니가 고개를 갸웃거렸어.

의기양양하던 나도 곧 초조해졌어.

눈에 익숙한 곳이 나오지 않았거든.

"소민이 지쳤어. 천천히 가자고 해, 까유야."

소은이 언니가 소민이 어깨를 토닥이며 말했어.

"까망아, 천천히 가자."

나는 까망이 목줄을 당기며 말했어.

까망이는 여전히 꼬리를 올려붙이고 걸었어. 자신 있다는 태도야.

오히려 슬슬 걱정돼. 처음부터 저랬거든.

길에 코를 대고 킁킁거리거나, 어디로 갈지 생각하는 순간이 있어야 하잖아?

하지만 처음부터 지금까지 꼬리를 올려붙이고 즐겁게 걷고 있어.

정말 길을 알아서 그런 걸까? 혹시 공기 좋은 동네에 와서 기분이 좋아서 아무 데나 가고 있는 거면?

"까망아! 엄마, 아빠 냄새 나? 증조할머니 댁 잘 찾고 있는 거지?"

작은 소리로 속삭였어.

"왈왈."

까망이가 턱을 들고 짖었어.

"우와, 까망이랑 대화하는 거야?"

소은이 언니가 감탄하며 말했어.

"진짜? 강아지가 엄청 똑똑하구나. 길도 잘 알겠네?"

소민이도 아까와 다른 표정이야.

"응, 우리 까망이는 똑똑하지. 말을 잘 알아들어."

걱정된다는 말을 차마 하지 못했어.

응원까지 받으니, 까망이는 더 신나서 걸었어. 둥글게 말려 올라간 꼬리털이 살랑거려.

"왈왈."

까망이가 빨리 가자는 듯 짖더니, 달리기 시작했어.

"까망아, 천천히 가."

내 소리를 듣지 못한 듯 달려 나갔어. 미처 끈을 당길 새도 없었어. 얼떨결에 나도 까망이를 따라 달렸어.

"증조할머니 집에 다 왔나 보다."

소민이도 신나서 달렸어.

"멍멍."

까망이 짖는 소리를 흉내까지 내면서 웃었어.

"내 동생 귀엽지, 까유야?"

소은이 언니가 활짝 웃었어.

그럴수록 걱정돼. 엉뚱한 길로 온 거면 어떡해. 친해지기도 전에 내게 실망하면 어떡하냐고.

어른과 마주치면 길을 물어봐야겠어.

하지만 몇 분 지나지 않아 걱정이 사라졌어.

"우와, 우리 까망이 최고네?"

소은이 언니가 외쳤어.

"우리 아빠 차다."

소민이도 소리쳤어.

그러고는 까망이를 따라 앞으로 달려 나갔어.

저 앞에 하얗고 커다란 대문, 그 위로 우람하게 솟은 살구나무가 보여.

증조할머니 집이야!

"멍멍."

흥분한 까망이가 달려 나가는 바람에 손에 쥔 까망이 끈을 놓치고
말았어.

까망이가 멈춰 선 곳에 정말 우리 차가 주차되어 있어.

린께 내 동생 피꼬야!

증조할머니 집 근처에 〈정월단 여사의 100번째 생신을 축하드립니
다.〉라고 적힌 커다란 현수막이 걸려 있어.

"왈왈왈왈."

까망이가 의기양양한 얼굴로 웃었어. 개도 웃냐고? 당연하지. 개가
웃을 때는 눈동자가 영롱해. 입꼬리도 살짝 올라가.

소은이 언니와 소민이도 까망이를 쓰다듬었어.

까망이는 행복에 겨운 눈빛을 보냈지.

"다행히 잘 찾아왔네?"

하필 대문 앞에서 얄미운 이모가 나를 맞았어.

곧 엄마와 아빠도 달려 나왔어.

4. 백 살이 돼도 쩌렁쩌렁

나무 대문을 열고 들어갔어.

살랑살랑 기분 좋은 바람이 내 볼을 스쳐 가.

얇고 예쁜 연두 잎사귀와 주렁주렁 풋살구들을 풍성하게 매단 살구나무가 내게 불어 보내는 바람이야.

드라마에 나오는 부잣집처럼 넓은 집이야.

증조할머니가 종갓집 맏며느리여서 크게 지은 거래.

종갓집이 뭔지는 까먹어서 잘 모르지만, 증조할머니 집에서 제사를 자주 지냈대. 그때마다 온 집안 친척이 다 모였고, 명절 때도 그랬대. 그래서 집을 넓게 지으신 거지.

게다가 우리 증조할머니가 유명한 김치 명인이셨잖아.

증조할아버지는 일찍 돌아가셨지만, 증조할머니는 김치를 팔아 돈을 많이 버셨대.

나는 기억 안 나지만, 예전에는 마당에 김치, 그리고 김치 양념으로 쓰는 젓갈 항아리가 많았대.

김민 넓은 제 비니야. 익교 운동상처럼 마당이 넓거든.

우리 증조할머니는 백 살인데도 기운이 좋으셔.

한 달에 한 번씩 할머니랑 이모할머니, 모두 할머니 집에 모여서 집을 청소하는 날이 있대.

그런데 할머니가 가보면 이미 증조할머니가 다 깨끗하게 정리해 놓고 닭김치찜을 해놓고 기다리신다는 거야.

오늘은 그 너른 마당에 많은 의자와 탁자가 놓여 있어.

탁자에는 〈푸짐출장뷔페〉라는 글자가 적혀 있어.

이미 많은 탁자에 사람들이 바글바글해.

이 많은 사람이 다 우리 친척이라니!

먼저 안방에 계신 증조할머니께 인사드리기 위해 마당까지 줄을 서야 했어.

고개를 빼고 들여다봤어. 거실 소파 가운데에 앉은 증조할머니는 한복을 곱게 차려입었어.

"생신 축하드립니다."

다 같이 무릎 꿇고 절하는 모습이 신기해.

차례차례 식구들끼리 절을 올리고 있어. 우리 할머니처럼, 그 집안의 할머니 할아버지 그리고 자녀들과 손주들까지 함께 인사하니까 커다란 거실이 좁아 보여.

"혜령아, 묘령아, 윤 서방, 까유도 넓게 서자."

할머니가 우리 앞 순서에서 절하는 가족을 보고 말씀하셨어.

드디어 우리 차례야.

우리 할머니와 이모, 엄마, 아빠 그리고 나까지 다섯 명뿐이야. 거실이 너무 넓어 보여. 할머니가 왜 넓게 서라고 했는지 알 것 같아. 까망이는 얌전히 내 옆에 앉았어.

"아따메. 우리 귀한 증손녀 까유, 일당백 해야지? 밥 많이 묵고 운동도 열심히 혀야쓰것다."

평소 목소리 크다고 소문난 증조할머니가 말했어. 난 무슨 뜻인지 모르겠는데 그 말을 듣는 할머니 얼굴이 좀 쓸쓸해 보여.

증조할머니가 내게 팔을 벌렸어.

어서 가보라며 엄마가 내 등을 콕 찔렀어. 폭신한 증조할머니 품에 안겼어.

"증조할매가 늙웅게 자식들이 서로 의논해서 나를 챙기더라. 아직 나 멀쩡헌디도 느그 할매부터 돌아감서 날 찾아댕기느라 바뻐. 그란디 우리 까유는 혼자 해야 쓰겄제? 그랑게 돈도 많이 벌어놔라 이? 혼자 못헝게 돈이 허게 혀야지."

증조할머니서 내 등을 노닥이셨어.

"네."

대체 증조할머니가 무슨 말씀하는지 잘 모르겠어. 그래도 대답은 큰 소리로 했어.

증조할머니는 인자하다가도 예의가 없거나 하면 무서워. 함께 살자는 가족도 많고, 돈도 많은데 직접 집안일을 하며 혼자 살 만큼 기운도 세고 고집도 세.

"우리 영순이의 귀허디 귀헌 손주니께 주는 겨. 쉿, 받아."

증조할머니가 얼른 내 손에 돈을 쥐여주셨어. 내 입가에 집게손가락을 갖다 대셔서 고맙다는 인사도 제대로 못 드렸어.

그리고 날 또 한 번 꼭 안아주셨어.

나도 증조할머니를 꼭 안아드렸지.

"아빠, 엄마. 나 소은이 언니랑 소민이랑 같이 앉아도 되지?"

우리가 앉을 빈 탁자를 찾다가 소은이 언니와 소민이를 발견했어.

"그새 친해진 거야?"

아빠, 엄마가 엄청 흐뭇한 얼굴로 날 바라봤어.

이모도 기특하다며 웃었어.

"어서 와."

난 소은이 언니, 소민이와 나란히 앉았어. 부모님은 친척들과 이야기 나누는지, 의자들이 비어 있어.

"자, 지금부터 정월단 여사님의 백번째 생신 축하 행사를 시작하겠습니다."

동네의 청년회장이라는 아저씨가 마이크를 잡았어. 청년회장은 청년이 하는 게 아닌가 봐.

"어머, 저 아저씨가 청년회장이야? 청년 아닌 것 같은데?"

이모 목소리가 들려 뒤돌아보았어. 이모랑 엄마, 아빠, 할머니가 바로 내 뒷자리에 앉아 있어.

어쨌든 내가 보기에도 청년은 아닌 것 같아. 까무잡잡하고 콧수염까지 기른 모습이 나이가 많아 보이거든.

"쉬, 아저씨 아니야. 총각이야, 총각! 좋은 총각이야. 이 동네 어른들을 그렇게 잘 모신다더라."

할머니가 입에 손가락을 갖다 댔어.

청년회장 아저씨가 꾸벅 허리를 접어 먼저 증조할머니에게 인사드리고, 마당에 모인 사람들을 향해 한 번 더 인사했어.

"오늘 자리를 빛내주신 이장님과 면장님의 축하 말씀이 있겠습니다. 그 후 정월단 여사님께서 한 말씀 하시겠습니다."

면장님과 이장님은 증조할머니를 칭찬하는 말을 잔뜩 늘어놓았어. 마루가 임시 무대로 꾸며져 있어.

증조할머니가 무대 가운데 앉으시고, 그 양옆으로 면장님과 이장님도 앉으셨어.

"여러분, 긴말 안겄습니다요. 이렇게 이 정월단이의 생일을 축하해 주러 오신 우리 식구들, 어디 큰 식당 빌려서 폼나게 하고 싶은 걸 참고, 이러코롬 내 뜻대로 우리 집으로 모여줘서 참말로 고맙다. 앞으로도 모다들 자주 왕래하고 서로 돕고 살자. 알것제? 동네 사람들! 아직 나 팔팔허니께 서로 북적북적험서로 잘 지내봅시다이?"

마이크를 잡은 증조할머니 목소리는 귀가 아플 지경이야. 이백 살 생신 잔치도 문제없을 것 같아. 게다가 손가락으로 하트모양을 날리고, 우리 학교 교장 선생님과는 달리 아주 짧게 말씀하시는 것 봐봐. 정말 세련되셨어.

"자, 이번에는 요즘 인기 최고의 초대 가수 모시겠습니다."

청년회장 아저씨의 말이 끝나자, 사람들은 신나게 손뼉을 쳤어.

하지만 어쩐 일인지 청년회장 아저씨는 무대에서 내려가지 않았어.

대신 돌아서더니, 주머니에서 선글라스를 꺼내는 것 같아.

그리고 누군가가 무대로 올라와 기타를 건네주었어.

음악 소리와 함께 짠, 하고 돌아선 청년회장 아저씨는 정말 가수 같았어.

까만 얼굴에 쓴 선글라스가 정말 잘 어울려.

어른들이 일어서서 손뼉을 쳤어.

그런데 청년회장 아저씨가 엄청나게 노래를 잘해.

기타를 치는 모습이 멋져 보여.

요즘 드라마에서 나온 노래를 부르는데 정말 잘해.

"와, 저 사람 진짜 가수인가 봐!"

모처럼 감탄한 이모 목소리도 등 뒤에서 들려와. 이모도 가수 콘서트를 찾아다닐 만큼 노래를 좋아하거든.

청년회장님 아저씨는 그 노래가 끝나자마자 할머니, 할아버지들이 좋아하는 노래를 신나게 불렀어.

"어머, 발라드면 발라드, 트로트도 잘하네?"

이모가 어찌나 크게 떠드는지 창피할 지경이야.

소은이 언니와 소민이, 나, 우리 셋은 서로 마주 보며 손뼉 쳤어.

소은이 언니네 엄마, 아빠는 무대 앞으로 나가셨어. 덩실덩실 춤을 추며 분위기를 돋우셔. 그러자 사람들이 더 흥겨워해. 이모가 흥분한 것도 그럭저럭 괜찮아 보여.

"엣엣헷."

내 무릎에 앉은 까망이도 기분이 좋은지 연신 혀를 내밀었어.

탁자 사이를 오가며 간식을 나르는 어른들도 있어. 머리에 하얀 모자를 두르고 똑같은 옷과 앞치마를 입었어. 뷔페식당 같은 데서 출장 나오신 분들인가 봐.

할머니는 다른 탁자에서 멀리서 사는 이모할머니랑 모처럼 이야기 꽃을 피우셔.

들썩들썩, 신나던 초대 가수 순서가 금세 끝났어.

5. 스타 탄생

"이제부터 정월단 여사 백 세 생신을 기념해 가요제를 시작하겠습니다."

이야, 노래자랑 한대. 일등은 온누리 상품권 오십만 원, 이등은 삼십만 원, 삼등은 십만 원, 그리고 인기상은 커다란 곰 인형을 준대. 사람과 대화도 할 수 있는 인형이라 요즘 인기 최고야. 무대 위에 곰 인형이 두 개 있어.

정말 멋져 보여. 난 곰 인형이 갖고 싶어졌어.

혼자 나가면 어렵지만, 셋이 나가면 인기상을 탈 수 있지 않겠어? 인형을 받는다면 내가 한 개, 소은이 언니랑 소민이가 한 개 가져가면 되겠지? 우린 집에서 곰 인형을 볼 때마다 서로를 기억할 거야.

무엇보다도 진짜 자매가 될 수 있을 절호의 기회일 것 같아.

무슨 소리냐고? 소은이 언니랑 나, 그리고 소민이, 이렇게 셋이 의논해서 노래도 정하고 춤 연습도 하는 거야.

그리고 이 많은 친척 앞에 서서 연습한 걸 함께 펼치는 거지.

생각만 해도 멋지지 않아?

정말 떨리는 일이지만, 그걸 함께 이겨내고 함께 박수를 받고, 함께 상도 받는 거지.

그러면 우리 셋은 정말 완벽한 자매가 될 수 있을지도 모르잖아.

방학 때마다 서로 보고 싶어서 놀러 가서 함께 지내는 사이 좋은 자매 말이야.

한참 그런 생각에 빠져있는데 누군가 내 팔을 툭 쳤어.

소은이 언니인가 봐. 언니도 함께 출전하자고 말하는 걸 거야.

"이 노래 부르면 내가 인기상 받을 수 있을까? 이렇게 머리 묶고?"

에이, 이모였어. 이모가 벌떡 일어서 도깨비 뿔처럼 머리를 묶고, 한쪽 바지를 걷어 올린 채 양다리를 흔들었어.

아빠는 터져 나오는 웃음을 참느라 애썼어.

"누가 마흔이라고 할까. 언제 철들꼬. 쯧쯧."

할머니가 탁자 옆을 지나며 내는 소리야.

할머니는 이모할머니들, 그러니까 언니와 동생을 찾아다니며 인사하느라 바빠.

"언니, 용감하다. 부러워."

엄마도 참 신기해.

저런 건 나나 소은이 언니, 소민이 같은 어린이가 하는 거 아닐까? 그런데 이모를 부러워하다니.

함께 나간다고 같이 다리를 흔들지 않는 게 다행이야.

난 소은이 언니를 불렀어.

"소은이 언니, 우리 셋이 나가서 인기상 받아 볼까?"

"어? 나도 그 생각 중이었어."

소은이 언니가 손뼉을 쳤어.

"우와, 하자. 언니들!"

역시 우리는 마음이 잘 맞아. 벌써 인기상을 받은 기분이야.

"아싸~."

우리는 신났어.

속닥속닥, 쑥덕쑥덕, 어떤 노래를 할지 함께 상의했어.

우리는 각자 좋아하는 노래를 말한 다음, 가위바위보로 정하기로 했어.

"세 판을 먼저 이기는 사람이 정하자, 언니."

"좋아."

소은이 언니가 내 의견을 따라 주어서 기분이 엄청나게 좋아. 소민이는 소은이 언니가 좋다고 하면 자동으로 좋다고 따라 해.

그런데 오늘따라 가위바위보가 잘 안돼. 집에서 엄마 아빠랑 할 때는 항상 내가 이겼거든.

한번 지고 말았어. 그리고 그다음은 계속 비겼어.

"가위바위보! 내가 이겼다."

결국, 내가 가까스로 두 번 이겼어.

"잉. 다시 해, 다시! 금방 까유 언니가 늦게 냈잖아."

"아니야. 나 늦게 안 냈지, 소은이 언니?"

"몰라. 나는 못 봤는데. 소민이가 우리 중에 제일 어리잖아. 한 번만 가위바위보 더 해 줘."

소은이 언니가 내게 윙크하며, 소민이를 봐주자고 했어.

언니라고 동생을 편드는 건 말이 안 되잖아. 공평해야지.

하지만 나는 마음을 크게 먹기로 했어. 친해져서 자매가 되어야 하잖아.

한 번 양보하면, 나중에 나를 위해서 소민이랑 소은이 언니도 양보

해 주겠지?

"언니는 원래 동생에게 양보하는 거야. 동생은 잘 모르니까."

하지만 소민이는 말도 안 되는 이야기를 했어.

나는 따지려다가 꾹 참았어.

수언이노 가끔 수연이 동생이 떼써도 잘 참거든.

게다가 지금은 얼른 도전 곡을 정해서 참가 신청하고, 노래 연습을 해야잖아.

"여러분, 벌써 노래자랑 참가 신청이 열다섯 팀입니다. 딱 다섯 팀만 더 받겠습니다."

청년회장 아저씨가 재촉했어.

"가위바위보!"

우리는 다시 한번 가위바위보를 했어.

"이겼다!"

이런, 소민이가 이겨 버렸어.

"둘이 동점 됐으니까 한 번 더 해야겠네?"

소은이 언니가 활짝 웃었어. 소민이랑 손도 맞잡았어.

꼭 둘이 한 편 같아. 나는 혼자고.

하지만 난 주먹을 꽉 쥐었어. 정말 약이 오르지만, 꾹 참았어. 처음이니까 그럴 거야.

같이 노래 부르고, 율동 연습하고 무대에서 노래하는 동안 우리는 진짜 세 자매가 될 거야.

벌써 우린 엄청나게 친해졌어.

학년이 바뀌어서 새 친구랑 친해지는 속도랑은 비교가 안 돼. 역시 자매는 좋은 거야.

"내가 이겼다!"

결국, 내가 이겼어. 시간만 흘렀잖아.

나는 숨을 크게 들이마시고, 내쉬는 걸 다섯 번 했어. 아빠 말이 떠올랐거든. 아빠는 화날 때 숨을 크게 쉬라고 했어. 그러고는 상대방의 입장이 되어 보라고 했어.

갑자기 떠올랐어. 아빠는 내가 동생 없이 혼자 지내서 상대방의 기분을 잘 모를까 봐 걱정된다고 했어.

"소민아, 네가 하고 싶은 노래하자."

난 눈 딱 감고, 소민이에게 말했어.

어쩐지 소민이에게 양보해야 할 것 같아.

"응, 홍시 송!"

"뭐?"

우리는 깔깔 웃고 말았어. 원래 내가 하자고 했던 노래거든.

처음에 소민이가 하고 싶었던 노래는 '쉼이 필요해'였어.

어른들이 좋아할 노래가 아닌 것 같다고 내가 말했지.

"어른들이 안 좋아하면 인기상 못 받잖아."

"우리 소민이 대단한데?"

소은이 언니가 소민이 볼을 잡았어.

언니들은 동생에게 이렇게 하는 건가 봐. 중수네 누나도 이렇게 하는 걸 봤거든.

나도 소은이 언니처럼 소민이 어깨를 토닥여줬어.

우리는 마당 구석에 얼마간 장독대 뒤에 숨었어.

우리 무대가 미리 알려지면 재미없잖아.

내 전화기로 유튜브에서 노래 반주를 찾았어. 작게 틀어놓고, 소은이 언니는 홍시 송에 맞춰 춤추는 동영상을 찾았어.

"이거다. 이거면 소민이도 할 수 있어!"

"어디, 어디? 그래, 쉽다."

소민이와 소은이 언니는 금세 율동을 척척 맞췄어.

내가 안무에 대한 아이디어를 많이 냈지. 근데 막상 춤은 소민이가 더 잘 춰.

"까유는 목소리가 예쁘네. 넌 노랠 크게 해. 우린 율동을 열심히 할 게."

"좋아. 인기상은 우리 거!"

"우리 것!"

역시 우리는 잘 맞아.

우리 순서는 열일곱 번째야.

시간이 많이 있어. 다른 사람 노래하는 동안 가사도 바꿨어. 홍시 송을 살구 송으로 바꾼 거야.

증조할머니 집 살구나무가 멋지잖아.

난 담장 앞 살구나무를 보았어. 바람에 와삭이며 흔들리는 모습이 보기 좋아. 아주 예감이 좋아.

드디어 우리 차례야.

우리 엄마 아빠 이모, 소은이 언니 엄마와 아빠도 무대로 올라왔어.

우리 뒤에서 춤을 추시겠대. 그렇게 높은 무대가 아니지만, 막상 맨 앞에 서니 마당의 많은 사람이 몇 배로 많아 보여.

"후−."

가슴이 쿵쾅거려.

우리 셋은 심호흡을 했어.

6. 망쳐버린 인기상

"살구가 좋아요. 너무너무 좋아요. 왜냐하면!"

여기까지 부르고 우린 잠시 율동도, 노래도 멈추었어. 셋이 마주 본채 말이야.

다행히 눈이 빠른 부모님들도 우리 뒤에서 동작을 멈춘 모양이야. 파닥파닥하던 소리가 멈추었거든.

손뼉 치며 우릴 보던 어른들도 멈추고 빤히 바라보았지.

"증조할머니가!"

그때 내가 큰 소리로 불렀어. 그리고 다시 멈췄지.

사람들이 아까보다 더 크게 손뼉 쳤어.

"증조할머니가!"

그다음, 우리 셋이 후렴을 부른 후 노래도, 율동도, 다시 멈추었어.

그러자 어른들이 다 일어섰어. 그리고 더 크게 환호했어.

어떤 아저씨는 휙-, 하고 휘파람을 불었지.

"제일 좋아하시니까~~."

우리는 다 같이 큰소리로 외친 후, 갑자기 태권무를 추기 시작했어.

"얍, 얍, 얍!"

소은이 언니랑 소민이가 태권도 학원에 다닌대. 그래서 내가 그걸 율동으로 하자고 제안했지.

잠깐 배운 것 치고는 나도 태권무를 제법 잘한 것 같아.

마지막 순간에는 동시에 하트 손가락을 내밀며 윙크했어.

"아이고, 우리 금쪽같은 증손녀들! 잘한다, 잘해."

증조할머니가 일어서서 나오시더니, 어깨춤을 추었어.

"앵콜!"

"앵콜!"

어른, 아이 할 것 없이 일어서서 손뼉 쳤어.

너무 즐거워서 가슴에서 펑펑 팝콘이 터지는 것 같아.

심사하는 동안 초대 가수가 한 명 더 왔어.

우린 모르는 사람인데, 이번엔 진짜 가수래.

"아유, 청년회장님이 더 잘하는고만."

등 뒤에서 이모가 퉁퉁거렸어.

나도 노래가 어찌나 길게 느껴지던지, 자꾸 시계를 보았어.

드디어 심사 결과를 발표한대.

참가상 발표가 끝났어.

"이번에는 인기상을 발표하겠습니다."

청년회장 아저씨가 자꾸 뜸 들이는 통에 화가 날 뻔했어.

"왜 이렇게 뜸을 들여요, 청년회장님!"

이모 목소리가 등 뒤에서 쩌렁쩌렁하게 울려왔어.

뒤돌아보니 이모가 벌떡 일어나서 손나발을 하고 있어.

깜짝 놀란 청년 회장님이 눈이 똥그래진 채 이모를 바라봤어.

"아, 네. 그럼, 발표하겠습니다."

청년 회장님이 더듬거리며 심사위원이 보낸 쪽지를 펼쳤어.

마당에서는 폭소가 터졌어.

심사위원이 여러 명이야. 친척 어른과 면장, 이장, 그리고 심사 위원장은 우리 증조할머니야.

"소은이 언니, 우리가 받겠지?"

난 언니에게 물었어.

"그럼, 증조할머니가 심사 위원장이잖아. 증조할머니는 살구나무를 좋아하셔."

"그리고 증조할머니는 날 제일 예뻐하셔."

소민이가 자랑스럽게 말했어.

"아닌데? 증조할머니는 내가 금쪽같다며 아까 용돈도…."

나는 여기까지 말하고, 하고 싶은 말을 꼴깍 삼켰어.

나 혼자 받은 용돈을 의리 없이 말하면 안 되잖아.

"증조할머니는 손녀들에게 다 그렇게 말씀하실걸? 나한테도 3학년 때까지 그러셨어."

소은이 언니가 날 보고 깔깔 웃었어.

'그럴 리가? 항상 올 때마다 내가 제일 귀하다고 그러셨는데?'

증조할머니가 아까 용돈 봉투를 주며 분명히 말했어. 나한테만 주는 거라고, 비밀이라고 말이야.

그건 날 제일 사랑한다는 뜻이잖아.

우리 할머니는 증조할머니의 셋째 딸인데, 제일 예뻐하셨대. 그런 할머니의 손녀는 딱 나 하나뿐이야.

그래서 내가 무척 귀하다고 하셨단 말이야. 그 말이 입 끝까지 맴돌았지만, 꾹 참았어.

그때 증조할머니가 벌떡 일어났어.

그리고 청년회장 아저씨 손에서 마이크를 뺏어 들었어.

"아따, 동길아! 뭔 뜸을 그렇게 들여쌌냐? 빨리 말혀부러. 곧 있으면 쉰 살이 다 되어가는 애가 뭔 장난이 그렇게 심허냐."

"쉰 살이라뇨. 이제 마흔넷밖에 안 됐어요."

청년회장 아저씨 이름이 동길인가 봐.

"아따, 그것이나 그것이나, 그게 그거지. 생긴 것 멀쩡허고 돈도 잘 벌문서 장난이 심허고 철이 안 등게 여태 결혼도 못헌 것 아니냐."

청년회장 아저씨가 머리만 긁적였어.

넓디넓은 마당에 폭소가 터졌어.

"우리 엄마, 최고!"

"이모님, 최고!"

"이모할머니 최고!"

"우리 이모, 파이팅!"

친척들이 들썩들썩 난리가 났어.

"허허, 이렇게 기운차신 양반을 누가 백 세라고 하겠습니까?"

할머니 옆에 앉아 있던 면장님과 이장님도 큰 소리로 웃었어.

"알겠습니다. 그럼, 첫 번째 인기상은 살-구-송!"

청년회장 아저씨 목소리가 또렷하게 귓가를 울렸어.

"우와와와!"

우리 셋은 무대 위로 올라가 얼싸안고 빙빙 돌았어.

엄마, 아빠, 이모, 또 다른 이모랑 이모부도 무대 위로 올라와 우리를 얼싸안았어.

귀가 터질 것처럼 온 마당에 환호성이 가득했어.

"두 집안의 손녀가 뭉친 거였군요. 상품은 누가 받을 건가요?"

"네, 소민이가 하나, 제가 하나 받을 거예요."

난 신나서 대답했지.

"이런, 어쩌지요? 인기상이 두 팀이에요. 동점인 팀이 있거든요."

말도 안 되는 일이 일어났어.

우리 팀에 곰 인형을 한 개밖에 줄 수 없다는 거야.

별수 없이 셋이 곰 인형을 잡고 무대에서 내려왔어.

우리는 장독대 뒤로 갔어.

소민이가 자기가 인형을 갖고 싶다고 떼를 썼어.

아까도 말했지만, 저 곰 캐릭터는 나도 굉장히 좋아해.

AI가 탑재되어 있어. 어두운 집에 혼자 있을 때 대화하면 얼마나 좋겠어?

"소민이에게 양보할 거지? 소민이가 정말 갖고 싶어 했던 거거든."

소은이 언니가 소민이 편을 들었어.

당연히 나도 가질 수 있다고 생각했는데 억울하다는 생각이 들어.

나도 가질 자격이 있잖아.

"나도 정말 갖고 싶었던 거야. 먼저 대회 나가자고 한 것도 나고, 율동 안무를 짠 것도 나잖아."

조목조목 말했지.

"태권무 때문에 점수를 많이 받은 거야. 우리가 태권무를 잘해서."

갑자기 소은이 언니가 '우리'라며 편을 갈라 말했어.

"우리 언니 말이 맞아. 태권무 동작을 나랑 우리 언니가 만들었잖아. 게다가 우린 두 명이니까 당연히 우리 거지."

소민이도 자기랑 소은이 언니만 '우리'래.

둘이 쉴 새 없이 떠들었어. 내게 말할 틈도 안 줘.

서러워지려고 해.

"노랫말을 바꾼 것도 나였어. 태권무를 추자는 아이디어도 내가 냈어. 노래도 내가 제일 크게 불렀고."

아무리 생각해도 내 말이 맞는 것 같아.

내가 더 많은 걸 했잖아.

하지만 소용없었어. 둘이 똘똘 뭉쳐서 계속 우기는 거야.

그러더니 인형 팔을 붙잡고 서로 잡아당기기 시작했어.

이렇게 억울하게 빼앗길 순 없지.

나도 인형을 잡은 손에 힘을 주었어.

"이러다 우리 소민이 인형 찢어지겠어. 놓으란 말이야."

소은이 언니가 내게 꽥 소릴 질렀어.

세상에, 나한테 그렇게 다정하게 웃어줬던 언니였는데….

나도 모르게 인형을 놓아 버렸어.

"소은이, 소민이! 뭐 하는 거야?"

그때였어. 이모부가 다가왔어. 소은이 언니 아빠 말이야.

"어서 사과해."

그리고는 인형을 내게 주라고 했어.

이모부는 사이좋게 지내라고 몇 번이나 당부하고서야 마당으로 돌아갔어.

이모부는 다시 어른들과 서로 인사하느라 바빠 보여.

하지만 소은이 언니와 소민이는 내게 사과 같은 건 하지 않았어.

둘이서만 손잡고 먼저 마당 탁자로 돌아갔어.

귀한 걸 얻었다가 잃어버린 것처럼, 갑자기 말할 수 없이 허전해.

가슴 속 텀블러에 금이 가 버렸나 봐.

그 금을 타고 가슴 깊은 곳까지 찬 바람이 불어오는 것 같아.

소은이 언니와 소민이는 돌아가 원래 앉았던 탁자에 앉았어.

나도 마당으로 돌아갔어.

난 어디에 앉아야 할지 몰라 둘러봤어.

엄마, 아빠, 이모 모두 다른 사람과 앉아서 날 보고 있어. 여태 날 보고 있었나 봐.

이상해. 한편으로는 달려가서 엄마, 아빠를 껴안고 울고 싶어. 하지만 한편으로는 슬픈 내 얼굴을 보이고 싶지 않아.

난 까망이가 어디 있나 찾아봤어. 노래자랑 연습한다고 아빠한테 맡겼거든.

그런데 아빠 품에 까망이는 없었어.

아빠는 내 마음을 알아챘는지 손가락으로 까망이가 있는 곳을 가리켰어.

까망이는 할머니 품에 안겨 있어.

할머니께 가느라 몇 개의 탁자를 지나갔어. 어떤 탁자에는 형제자매가 꽉 차게 앉아 있어.

모두 다정해 보여.

나만 혼자인 것 같아.

자꾸 우울해져.

"끙끙."

난 까망이를 데려와 품에 꼭 안았어. 한 손에는 곰 인형을 들었지.

할머니도 함께 엄마, 아빠가 있는 탁자로 왔어.

할머니가 먼저 앉고, 그 옆에 옆으로 막 앉으려는데 할머니에게 인사하려는 사람들이 우리 탁자 앞으로 몰려들었어.

사람이 꽉 차버렸어.

둘러보니, 빈자리는 소은이 언니 옆자리밖에 없어.

내 자리라고 사람들이 비워둔 것 같아. 내내 거기 앉아 있었으니까.

별수 없이 소은이 언니 뒤에 앉았어. 인형을 안고 말이야.

그렇게 갖고 싶었던 곰 인형인데, 조금도 기분이 좋지 않아.

앉아서 가슴을 문질렀어. 금이 가서 깨져 버린 텀블러 때문인시 마음이 아파.

인형은 너무 무겁게 느껴져.

마이쭈도 없어.

이런 때 비상용 마이쭈를 먹어야 하는데, 그럼 기분이 나아질지도 모르는데….

7. 너무 무거운 곰 인형

내가 막 앉았을 때 소민이가 뒤를 돌아보았어.

나도 모르게 씨익 웃어 보였어.

그런데 소민이는 나를 본 게 아니었어.

내 손에 들린 인형만 힐끗 보더니, 입을 실룩거리며 고개를 돌렸어. 그러고는 소은이 언니 어깨에 머리를 기댔어.

소은이 언니는 청년회장 아저씨의 농담에 어깨를 들썩이며 웃었어. 그래도 손은 소민이 어깨를 계속 토닥였어.

'저 어깨가 내 어깨였으면….'

자존심도 없이 쓸데없는 생각을 하는 내 머리를 쥐어박았어.

"여러분, 기다리고 기다리던 식사 시간입니다. 자유롭게 친척 간에

회포를 풀며 식사하세요. 지금까지 청년회장 김동길이었습니다."

"그려, 그려. 우리 동길이 수고했따. 말도 잘혀. 내가 쟈 기저귀 차고 댕길 때 많이 업어 줬드만, 이렇코롬 보답을 허네이?"

증조할머니가 일어서서 큰 소리로 웃었어.

청년회장 아저씨가 꾸벅 인사하자, 사람들이 환호성을 질렀어.

출장뷔페 음식이 돌담을 따라 두 곳으로 나뉘어 있어. 한식, 중식, 양식 모두 있어.

하지만 부녀회장 할머니가 국자를 들고 있는 가운데 탁자로 친척들 대부분이 길게 줄을 섰어.

거기서 익숙한 냄새가 나.

우리 할머니만 닭김치찜을 가져온 게 아니었던 거야. 많은 친척 어른들이 닭김치찜을 해 온 거야.

"흐미, 겁나게 마음이 뭉클허고만. 시키지도 않았는디 이걸 다 혀 왔어. 봤냐, 동길아? 너도 언능 장가가서 자슥들 한 열 명 낳아부러라."

증조할머니가 행복한 표정으로 웃었어.

청년회장 아저씨는 머리만 긁적였어.

"이게 다 할머니가 닭김치찜을 하도 맛있게 해서 솜씨를 물려받은 거잖아요.”

“그래, 엄마가 가르쳐 줬잖아요. 더불어서 함께 나누어 먹는 것까지.”

할머니, 할아버지들, 많은 어른이 증조할머니를 에워쌌어. 서로 꼭 안고 있는 모습을 보니 나도 모르게 콧등이 시큰해.

요리 못하는 우리 엄마도 닭김치찜은 꽤 잘하는데, 해오지 않았어.

닭김치찜 옆에는 마을 어른들이 쪄온 만두도 있어.

바로 청년회장 아저씨가 만두 솥 앞에서 앞치마를 입고 서 있어.

소은이 언니와 소민이는 자기 엄마, 아빠를 찾아갔어.

인사하랴, 줄 서랴, 음식을 접시에 담아 온 사람들은 앉을 자리 찾으랴, 다들 바빠 보였어.

같은 옷을 입고 온 가족도 많아.

“까유야!”

엄마, 아빠 목소리가 들렸어.

역시 닭김치찜 앞에서 할머니와 엄마, 아빠가 손을 흔들고 있어.

그런데 이모는 없어.

두어 번 두리번거리자 금세 이모가 눈에 띄었어,

저만치서 이모가 만두를 받는 줄에 서 있어.

“이모가 우리 식구 먹을 만두 다 받아온대. 먼저 자리로 가 있어.”

아빠가 아까 앉았던 탁자를 가리켰어. 마침 비어있어.

"맛있는 것만 찾아서 우리 식구 먹을 것 다 가져올게."

한식을 받아오겠다며 아빠는 접시를 내려놓고 다시 갔어.

막 의자에 앉아 까망이를 무릎에 앉히려는데 까망이가 코를 실룩 였어.

"왈왈왈."

까망이가 내 품에서 빠져나가 버렸어.

아빠를 따라가나 싶었지만, 까망이는 아빠가 있는 곳과 반대로 달렸어.

"거기 서, 까망아!"

내가 멈추라고 소리쳐도 소용없었어.

까망이가 갑자기 멈추었어. 스테이크를 즉석에서 구워주는 곳이야.

요리사 언니 옆으로 다가가 앞 다리를 들고 앉았어. 그러고는 빤히 올려다보며 꼬리를 살랑살랑 흔들었어.

난 너무 놀랐어. 저건 나한테 간식을 달라고 조를 때 부리던 애교야.

'뭐야, 저건 나한테만 하는 묘기 아니었어?'

어른들이 까망이를 보고 웃었어.

"까망아, 언니한테 와. 이리 와!"

까망이를 불렀지만 소용없었어.

"하하하, 너도 스테이크 먹으려고?"

내 맘을 알 리 없는 요리사 언니가 스테이크 조각을 던졌어.

동시에 까망이가 위로 튀어 올랐어. 곧 입에 스테이크가 물렸지.

얄미운 이모!

다 이모 탓이야.

이모가 우리 집에 와서 밥을 먹을 때마다 생선이랑 고기를 줘서 그래.

맵고 짜고 달콤한 사람의 음식이 개에게는 해롭단 말이야.

까망이도 너무 해.

아무리 맛있는 냄새가 나도 그렇지. 내가 부르는데, 아랑곳하지 않고 가 버리다니.

스테이크 조각을 다 먹은 까망이가 다시 요리사 언니 앞에 쪼그리고 앉았어.

"아유, 귀여워라. 한 입 더 달라는 말이지?"

"왈왈."

요리사 언니가 스테이크 한 조각을 접시에 담았어.

"손!"

요리사 언니가 접시를 들고 앉아서 까망이에게 말했어.

세상에, 까망이가 앞발을 언니 손에 척 올려놓는 거야.

요리사 언니가 쓰다듬으며 접시를 내려놓았어.

까망이는 게걸스럽게 스테이크를 먹었어. 아주 행복한 얼굴로.

눈물이 나려는 걸 꾹 참았어.

"아이고, 귀엽네."

주변 어른들이 사진을 찍었어.

"어머나, 영순 이모 손녀구나."

언젠가 뵌 것 같은 어른들이 날 알아보았어. 영순이는 우리 할머니 이름이야.

"그러네. 영순 이모 손녀가 딱 하나라더니, 너구나? 얼마나 이모가
자랑하는지 아니? 허허."

"안녕하세요?"

난 사실 이런 말을 들을 때마다 부담스러워.

내가 원해서 외동이 된 것도 아닌데, 저런 말을 들으면 갑자기 옴츠러들어. 마치 뭐든 잘하고 제일 똑똑하고 공부도 잘해야 할 것 같은 생각이 들잖아. 그런데 사실 난 그렇지 않거든.

줄 서 있던 어른들이 나에게 먼저 스테이크를 받게 해 주었어.

내가 스테이크 먹고 싶어서 온 줄 아나 봐.

얼떨결에 스테이크를 받았어.

"다 먹었지? 가자."

까망이가 마지못해 따라왔어.

오른손에 스테이크 접시를 들고 있어서, 까망이 끈을 잡은 왼손으로 인형을 들었어.

얼떨결에 곰 인형까지 들고 와버렸거든.

까망이 끈도, 곰 인형도 바위처럼 무겁게 느껴져. 날 끌고 땅속으로 내려앉을 것만 같아.

어떻게 엄마, 아빠가 있는 곳까지 왔는지 모르겠어.

이모는 만두를 게걸스럽게 먹고 있고, 엄마랑 아빠는 걱정되는지 나만 빤히 바라보고 있어.

그래도 엄마, 아빠 옆에 와서 앉으니까 마음이 좀 편안해졌어.

"스테이크 받아왔구나. 먹고 싶으면 이것저것 다 먹으렴."

아빠가 닭김치찜과 갈비찜, 잡채와 미역국을 내밀며 말했어.

생일 떡이라며 증조할머니가 했다는 시루떡도 있어.

하지만 아무것도 먹을 기분이 아니야.

저만치 앞에 앉은 소은이 언니네 가족은 다른 식구까지 와서 함께 꽉 끼어 앉았어.

뭐가 좋은지 연신 모두 분위기가 밝아 보여.

"만두 별로 안 좋아하잖아, 언니. 이게 그렇게 맛있어?"

이모는 만두만 계속 폭풍처럼 먹고 있어.

"맛있긴 맛있네. 이모가 만두를 두 번이나 가져왔어. 너도 좀 먹어."

엄마가 내게 만두를 내밀었어.

"마을 사람들이 우리 할머니를 위해 쪄온 만두라잖아."

이모도 내게 만두를 내밀었어. 내가 아는 이모는 이렇게 따뜻한 사람이 아닌 것 같은데 이상해.

"처형, 만두 많이 퍼오기 잘했네요. 마을 사람들이 고생해서 준비했는데, 찾는 사람이 별로 없잖아요."

그리고 보니, 다른 곳은 아직도 사람들이 서 있는데, 만두가 놓인 곳에는 아무도 없어.

아, 딱 한 사람! 만두를 지키고 서 있는 청년회장님뿐이야. 이미 줄이 끊겨 있어.

"까유야, 소은이 소민이랑 안 싸우고 잘 놀았어?"

뜬금없이 엄마가 물어봤어.

“어.”

“그래. 우린 좀 다투나 걱정했는데, 다행이네.”

아빠가 말했어.

“소은이가 동생도 잘 데리고 놀고, 참 착하다드만?”

이리저리 다니던 할머니가 어느새 다가와 앉았어.

“소은이 엄마가 내 바로 위 언니의 둘째 딸이여. 갸는 소은이하고
소민이 딸 둘 낳았고, 그 위의 큰딸은 애를 셋이나 낳았어.”

“셋이나요, 어머니?”

아빠가 눈이 둥그레져서 물었어.

“그려. 우리 언니 집은 명절마다 아주 북적북적허니 좋다더만. 갸
들이 까유하고는 육촌 간이지. 큰딸 첫애는 군대 가 있어서 오늘은
둘만 왔다더라. 하나 낳고 어째 아이가 안 생기더니, 나중에 줄줄
이 생겨서 첫째와 나이 차가 많지. 그래도 셋이 사이도 좋고 참 화
목하더라.”

할머니의 웃음 끝이 어쩐지 쓸쓸해 보여.

“이참에 우리 까유도 그 속에 끼어 봐라.”

할머니가 내게 속삭이듯 말씀하셨어.

“이럴 줄 알았으면 나도 애를 넷쯤 낳을 걸 그랬다. 그렸으면 혜령

이 결혼 안 해도 다른 애들이 낳은 손자가 있을 텐데. 아니지, 지금이라도 묘령이가 하나 더 낳고, 혜령이도 결혼해서 아이를 낳으면…."

외할머니는 누구에게 하는 말인지 모르게 중얼거렸어.

"엄마!"

엄마가 빽 소리를 질렀어.

"엄마. 언니한테는 결혼, 나한테는 둘째 낳으라는 말 안 하기로 했잖아."

엄마가 이모 팔꿈치를 치며 말했어,

"그, 그래. 엄마는 왜 그래?"

이모도 엄마 편을 들었어.

"아, 알았다. 혼잣말도 못 혀? 꾹 참다가 수년 만에 뱉어 봤구먼. 부모가 자식한테 이 정도 말도 못 혀?"

할머니가 벌떡 일어나며 큰 소리로 말했어.

깜짝 놀랐어. 할머니가 화내는 걸 처음 봤거든.

할머니는 다른 곳으로 가 버렸어.

"어머니!"

아빠가 불러도 소용없어.

"어머니께 그게 무슨 태도야."

아빠는 엄마를 화난 눈으로 보았어.

엄마는 못 본 척 고개를 돌려버렸어. 그러더니 이마에 손을 짚고 고개를 숙였어.

평소 엄마보다 더 목소리가 큰 이모가 오늘은 이상하게 머리만 긁적이고 있어.

엄마는 나빠.

나한테는 버릇없이 굴지 말라고 하면서, 지금 엄마는 할머니에게 버릇없이 굴었잖아.

난 할머니 마음이 다 이해되는데, 엄마는 머리가 나쁜가 봐.

쓸쓸한 아빠 얼굴을 봐. 아빠도 할머니 마음을 알아.

엄마는 자기 생각만 하니까 우리 마음을 모르는 거야.

할머니는 증조할머니 곁으로 갔어. 증조할머니 곁에는 할머니의 언니, 동생, 오빠가 다 모여 있어.

사람들은 어느 정도 점심을 다 먹고 다시 자리를 잡기 시작했어.

오후에는 가족별로 체육대회를 할 거래.

뒷짐 지고 허공 위에 매달린 과자 따 먹기, 발 묶고 달리기, 그리고 여러 가지를 하려나 봐. 마지막에는 여자와 남자로 나누어 줄다리기도 한대.

우리 가족 수는 적으니까, 소은이 언니네 가족과 같이하게 될지도 몰라.

그게 기대가 되기도 하고 불안하기도 돼.

"낑낑."

까망이가 내 무릎 위에 앉은 채 날 박박 긁었어.

"스테이크 먹어서 안 먹을 줄 알았어. 밥 줄까?"

탁자 위의 가방에서 까망이 그릇과 사료를 꺼냈어.

까망이는 사료를 한 번 보더니, 고개를 돌려 어딘가를 바라보았어.

스테이크를 굽던 요리사 언니가 〈재료 소진〉이라는 팻말을 걸고 있어.

거길 보는 것 같아.

"왈왈왈."

까망이가 갑자기 내 무릎에서 내려가 달리기 시작했어.

목줄을 놓친 나는 놀라 따라갔어.

까망이는 단번에 스테이크 코너로 달려갔어.

"스테이크가 그렇게도 좋아? 어떡하니? 눈곱만한 조각 하나뿐이야."

요리사 언니는 작은 고기 조각을 주었어.

"강아지가 주인보다 고기를 더 좋아하네?"

여기저기 사람들의 웃음소리를 들으며 나는 까망이를 기다려야 했어.

이 많은 사람이 남이 아니야. 다 내 친척들이야. 어린이도 많아. 그런데 아는 사람이 없어.

다 남처럼 느껴져.

평소에 친척 집에 놀러 가자고 엄마한테 조를 걸 그랬나 봐.

까망이는 내 속도 모르고 코를 땅에 박고 쿵쿵거렸어.

그때 소민이가 나를 돌아봤어. 그리고 내 팔에 안긴 곰 인형을 보다가 고개를 다시 돌려버렸어.

까망이는 멀게, 인형은 너무 무겁게 느껴져.

그냥 인형을 소민이에게 줘버릴 걸 그랬어.

나는 용기를 내기로 했어.

"이리 와, 까망아."

까망이를 데리고 소은이 언니랑 소민이랑 소은이 언니가 앉아 있는 탁자로 갔어.

조용히 뒤에 앉았지.

"소민아. 너 가져."
마침내 소민이에게 무겁디무거운
곰 인형을 내밀었어.

8. 내 편은 없는 걸까

"싫어. 아빠한테 또 혼나."

소민이는 고개를 돌려버렸어.

"언니, 이거 소민이 줘."

나는 곰 인형을 소은이 언니에게 내밀었어.

"네가 갖는 게 좋을 것 같아. 아빠가 양보하라고 하셨으니까."

소은이 언니도 인형을 거절했어. 날 쳐다보지도 않은 채 말이야.

함께 길을 찾아가자며 환하게 웃던 소은이 언니 얼굴이 머릿속에
떠올랐어.

'친언니, 동생처럼 지낼 수 있을 줄 알았는데….'

"소민이가 싫다는데, 너 갖지 그러니?"

소은이 언니 옆에 앉아 있던 오빠가 말했어. 소은이 언니 사촌인가 봐. 아까 할머니가 말했던 소은이 언니 이모의 아들 말이야.

"저기, 인형이 너무 무거워졌어."

난 인형을 소민이와 소은이 언니 사이에 내려놓았어.

"뭐? 인형이 무서우니까 나 가지라고?"

소민이가 한 손으로 곰 인형을 밀어내며 화를 냈어.

"아니, 그런 뜻이 아니야."

내 말은 진짜 무겁다는 뜻이 아니잖아.

"안 갖는다고! 언니한테 무거우면 나한텐 더 무겁겠지. 괜히 줘놓고 나 또 아빠한테 혼나게 하려고?"

소민이가 인형을 안 갖겠다며 인형을 내 앞으로 던졌어.

"어머, 어머. 소민아! 너 까유 언니한테 왜 그래?"

소은이 언니 엄마였어.

"지나가다가 누가 이렇게 못되게 말하나 하고 돌아봤더니, 소민이 목소리네?"

소은이 언니 엄마, 그러니까 이모가 조금 엄한 목소리로 말했어.

"안녕하세요?"

나는 어정쩡하게 인사했어.

"까유지? 영순 이모의 유일한 손녀라고 어른들이 널 끔찍이 여기신다. 우리 애들이랑 사이좋게 지내라? 소민이, 소은이도 알았지? 영웅이 오빠랑 동갑인 영제랑도 이참에 친하게 지내고."

"네."

"응."

"알았어, 엄마."

소민이와 소은이 언니도 고개를 끄덕였어.

휴, 덕분에 이제 해결됐다고 생각했어.

이모는 우리 앞을 지나 증조할머니와 우리 할머니 사이에 앉았어.

"형, 소은아. 우리 소민이가 뭘 잘못했지?"

소은이 언니 옆에 앉아 있던 남자애가 말했어. 아마 이름이 영제일 거야.

"아까도 우리 소민이가 쟤 때문에 혼난 거야?"

이번엔 중학교 교복을 입은 오빠가 날 가리켰어.

난 어떤 표정을 지어야 하는 걸까?

"응. 영웅이 오빠, 아니, 정확하게는 곰 인형 때문이지. 둘 다 갖겠다고 해서."

소은이 언니가 나와 소민이 사이에 어정쩡하게 누워 있는 곰 인형을 가리켰어.

"그러니까 저 애 때문이잖아. 당연히 막내에게 양보했어야지."

영재도 날 흘겨봤어.

"그런 셈이지."

소은이 언니도 고개를 끄덕였어.

"맞아. 나 괜히 두 번이나 혼났어. 나도 처음부터 인형 가질 권리가 똑같이 있었는데!"

소민이가 눈썹을 찌푸린 채 투덜거렸어.

"양보하고 사이좋게 지내야지. 친척인데."

영웅이 오빠 말투는 꼭 내가 소민이에게 양보하지 않아서 문제가 생겼다는 말 같아.

조금 전에 줬을 때 분명히 안 갖겠다고 한 건 소민이잖아.

나야말로 사이좋게 지내고 싶었는데, 나만 빼고 모두 한 편이야.

모두 나한테만 화를 내고 있어.

나는 까망이 목줄을 꼭 쥐고 까망이를 안았어.

나와 저 오빠와 영제는 육촌 사이, 소은이 언니, 소민이와는 사촌 사이라고 했어. 사촌과 육촌은 그렇게 다른 거야? 나도 동생이잖아.

서러웠어.

더 슬픈 건 울고 싶은 순간에도 소민이가 부럽다는 생각이 든다는 거야.

생각해 보니 당연한 거야. 동생에게 양보하는 거.

그런데 꼭 처음 알게 된 것 같은 느낌이 들어.

"끄응 꿍."

까망이가 바둥거렸어. 까망이를 안고 있던 팔에 힘이 너무 들어갔나 봐.

하지만 아까처럼 까망이 마저 가 버릴까 봐 내려놓을 수가 없어.

그럼 난 정말 혼자 남는 거잖아.

까망이를 안고 일어서야겠다고 생각했어.

그런데 다리가 말을 듣지 않아.

온몸이 너무 무거워.

사실, 갈 곳도 없어.

이 넓은 잔디밭에 내 편은 하나도 없는 것 같아. 다들 만나서 즐겁게 떠들고 있는데, 나만 혼자야.

눈물 흘리지 않으려고 눈을 크게 떴어.

다시 다리에 힘을 주고 천천히 일어섰어.

그리고 뒤돌아섰어.

"엄마!"

언제 왔는지 엄마가 눈앞에 서 있었어.

엄마의 커다란 눈동자가 흔들려.

옆에 아빠도 있었지.

"끙끙."

까망이가 내 코를 핥았어.

9. 까유 동생 까미

엄마가 다가와 날 안았어.

"괜찮아?"

엄마가 내 뒤통수 머리카락을 쓸면서 말했어.

아빠는 아무 말 없이 내 등을 한참이나 쓸어줬어.

'탈각.'

이미 깨져버린 마음속 텀블러 뚜껑이 열리는 소리가 들려.

슬픔인지, 외로움인지, 뭔지 잘 모르겠어.

깨진 텀블러 안에 억지로 꾹꾹 눌러 두었던 마음이 주르르 쏟아지는 것 같아.

나도 모르는 사이 눈물이 자꾸 흘러내려.

"집에 가자, 우리 딸."

"그래, 증조할머니와 할머니께 인사드리고 가자."

늘 내 편이 아니라고 느꼈던 엄마까지 그만 집에 가재.

"얘들아, 다음에 우리 까유 생일에 초대할게. 우리 집에 놀러 와."

엄마는 다섯 남매에게 용돈을 주었어.

"이 인형은 안 갖는 거지? 하나뿐인 우리 딸이 엄청나게 좋아하는 캐릭터거든."

엄마가 탁자 위에 버려져 있는 곰 인형을 집어서 내 품에 안겨줬어.

"버리지 마. 열심히 노력해서 얻은 네 거야."

엄마가 평소와 다르게 완전히 내 편처럼 느껴져.

"그럼, 엄마 말이 맞아."

아빠가 탁자에서 휴지를 집어 내 얼굴을 닦아주었어.

까망이도 많은 사람을 헤치며 내 발 옆에 바짝 붙어서 따라와.

이제 괜찮아.

나도 혼자가 아니야.

이모는 할머니랑 이모할머니, 청년회장 아저씨를 도와 마을 회관에서 가져온 만두 솥과 그릇들을 정리하고 있어.

할머니는 증조할머니 집에서 주무시고 갈 거래.

왜 벌써 가냐고 묻는 이모에게 엄마가 눈을 찡긋거리며 가자고 불렀어.

"그래, 가자. 세상에 하나뿐인 조카야."

이모와 엄마, 아빠는 내 손을 꼭 잡고 증조할머니께 갔어.

"저희, 먼저 가겠습니다. 죄송해요."

엄마가 증조할머니께 인사했어.

"그래. 우리 까유 귀하게 키워라이. 저 살구 낭구 좀 봐라. 저 낭구는 나가 어릴 적에 우리 부모님이 심은 것이여. 꽃이 활짝 폈다 지면 살구가 열리고, 열매가 영글어 거두고 나면 내년 봄에 다시 꽃 피제."

증조할머니는 살구나무를 가리켰어.

"그란디 사람이 참꽃이라고 하더라만, 사람에게 봄은 한번 뿐이여. 꽃 같은 젊음이 시들고 나면 금방 나처럼 돼. 그랴도 그 자리에 자식이라는 열매가 열려서 빛나니께 위로가 된다. 키울 때는 참말로 힘들었는디 말여. 긍게 하나뿐인 까유를 남들 여러 애보다 더 귀하게 잘 켜라이?"

증조할머니는 내 손등을 가져다 볼에 댔어. 그러고는 나를 꼭 안고 한동안 놓지 않았어.

"안녕히 계세요."

"잘들 가거라."

대문을 나서려다 뒤돌아보았어.

청년회장 아저씨와 부녀회장 할머니가 아직도 손을 흔들고 있어.

이모는 손을 마주 흔들면서 내 뒤에서 따라왔어.

엄마랑 딱 붙어 다니던 이모가 말이야.

대문 가까이 오자, 엄마가 잠깐 멈춰 서서 살구나무를 올려다보았어.

오늘따라 살구나무가 더 크게 느껴져.

가지마다 주렁주렁 살구가 웃고 있어.

마당 안에서는 깔깔대는 친척들 소리가 더 크게 들려와.

어디선가 바람이 불어왔어.

'향긋한 살구 냄새.'

아직 익지 않았는데도, 은은한 살구 향기가 번져와.

우리는 차에 올랐어.

하지만 한참 동안 차 안은 조용했어.

까망이만 뒷다리로 서서 창밖을 내다보느라 신났어.

동네가 가까워질 때였어.

"어? 수연이다."

편의점 앞을 지나는데, 차창 밖으로 수연이가 보였어. 막 편의점 문을 밀고 나오는 중이었지.

수연이를 부르려고 창문을 내리는데, 뒤에 수연이 동생이 따라 나오는 게 보였어.

난 창문을 다시 올렸어.

오늘은 수연이 동생에게 말을 걸고 싶지 않아.

나홀봄 아파트가 보일 무렵이었어.

이모가 뜬금없는 말을 했어,

"결혼 안 한 사람들 말이야. 80살, 100살이 되어서도 후회 안 할까?"

이모 입에서 뜻밖의 말이 튀어나왔어.

"만약 그때 가서 후회되면 어떡하지?"

"결혼하게?"

앞 좌석의 엄마도 뒤돌아보고, 아빠도 뒷거울로 이모를 보았어.

나도 놀라서 이모를 보았어.

"그냥 한 말이야. 뭘 그렇게 놀라?"

이모는 뺄쭘한지 괜히 옆에 앉은 내 머리를 헝클어뜨렸어.

그러더니 갑자기 지갑에서 오만 원을 꺼내 내게 내밀었어.

용돈이래.

"이렇게 많이요?"

구두쇠 이모가 이렇게 큰돈을 주다니, 깜짝 놀랐어.

이모는 말없이 내 등을 두들겼어.

증조할머니께 받은 용돈에 이모가 준 오만 원까지, 두툼해진 지갑을 보니 기분이 좀 좋아졌어.

그래.

난 끄떡없어.

엄마, 아빠가 내 가슴속 텀블러도 고쳐줘서 이제 끄떡없을 것 같아.

'내일 경주랑 수연이에게 아이스크림 사 줘야지.'

경주랑 수연이는 과자나 아이스크림을 나한테 종종 사 줘. 걔네 엄마, 아빠가 퇴근이 늦는 대신 간식비를 매일 주신대.

손잡고 편의점에 가서 맛난 걸 사 먹고 학원에 가거든. 함께 있으면 나한테도 사주지.

하지만 난 잘 못 사줬거든. 두 명 몫을 사주려면 돈이 두 배로 들잖아.

어느새, 차는 이모네 나홀봄 아파트 정문에 도착했어.

늘 엄마와 요란하게 인사하던 이모가 오늘은 차분하게 손을 흔들고 갔어.

다시 차가 달리기 시작했어.

아빠는 집으로 가지 않았어.

난린공원이 보이는 도로를 달렸어.

아빠는 고민되는 일이 있거나 뭔가 중요한 결정을 해야 할 때, 그리고 한 가지 더, 이건 내 생각인데 아빠는 엄마가 싫어하는 것에 관해 이야기 나누려고 할 때 차를 타고 달리는 버릇이 있어.

왜 집에 가지 않고 빙빙 도느냐고 엄마도 따지지 않았어.

'아빠는 무슨 이야길 하려고 그러는 걸까?'

뭔지는 몰라도 아빠가 생각을 정리했나 봐.

마침내 다시 우리 동네가 보이기 시작했어.

주차장에 차가 서자마자 까망이가 끙끙거렸어. 쉬하고 싶은가 봐.

나는 곰 인형을 안고, 한 손으로 까망이 끈을 잡았어.

마침 1층으로 내려온 엘리베이터에 타고 나 먼저 올라갔어.

"아고, 배야."

까망이 배변 패드를 깔아주다 보니, 나도 응가가 마려워졌어.

급히 화장실로 들어갔어.

막 문을 닫을 때, 현관문 비밀번호 누르는 소리가 났어.

무슨 이야길 할지 궁금해서 문을 슬며시 열었어.

집안이 조용하고, 엄마와 아빠는 거실 소파에 나란히 앉아 있어.

내가 화장실에 있는 동안 중요한 이야기를 나눈 듯한 분위기야.

"나에게 혜령 언니가 없다면 어땠을까? 그런 생각 왜 안 했겠어? 하지만 현실이 어려우니까, 까유는 당찬 애니까 혼자여도 괜찮다. 혼자서도 응석받이 안 되게, 둥글둥글 성격도 좋고 당당하게 잘 키울 수 있다고 생각했어."

아빠가 엄마에게 할 말이 있는 것 같았는데, 엄마가 먼저 이야기를 시작했어.

"맞아. 우리 까유는 잘 해내겠지. 하지만….."

아빠 목소리가 떨렸어. 드디어 아빠가 이야기를 시작하려나 봐. 그런데 다시 엄마가 입을 열었어.

"더는 안 되겠어. 당신 말이 맞았어. 아이의 제일 좋은 재산은 형제, 자매야. 하지만 이미 늦은 걸까?"

"늦다니!"

엄마의 질문을 받은 아빠가 몹시 흥분했어.

그런데 엄마 말이 무슨 뜻이지?

"안 늦었어, 여보. 어려운 결심 해줘서 고마워."

아빠가 엄마 어깨를 안았어.

"회사 선배가 늦둥이 낳아서 큰 애와 띠동갑인데 화목하더라. 우리

까유 좋은 언니, 좋은 누나 될 거야."

아빠 말이 대체 무슨 뜻이지?

"엄마, 아빠! 그게 무슨 소리야?"

난 화장실 문을 벌컥 열고 엄마, 아빠에게 달려갔어.

"까유야, 동생 갖고 싶다고 예전에 그랬지?"

엄마의 커다란 눈에 물기가 보여.

"열한 살, 어쩌면 더 차이 날 수도 있어. 그래도 좋아?"

"당연하지. 내가 아기 잘 돌봐 줄 거야."

난 너무 좋아서 발을 동동 굴렀어.

우리 셋은 부둥켜안고 한참 동안 그대로 있었어.

"엄마, 아빠. 내 이름은 까유고 둘째는 까망이니까 아기가 태어나

면 까미라고 할래."

"그럴까? 까유 동생 까미? 하하하하하."

"가유는 괜찮지만, 가미는 좀 이상한데?"

아빠가 머리를 긁적였어.

"여보, 까유가 좋다면 다 좋은 거지, 뭐."

"왈왈."

까망이가 달려와 내 다리를 긁었어.

자기도 끼고 싶다는 거지.

"까망아, 너도 좋지? 나는 꼭 멋진 누나나 언니가 될 거야. 중수네 누나나 형처럼 말이야. 하하하."

난 너무 좋아서 소리 질렀어.

"왈왈왈."

까망이도 나를 따라 겅중거렸어.

"첫째 동생 산책시키고 올게요."

까망이를 데리고 집을 나섰어.

엘리베이터에서도 자꾸 웃음이 났어.

그러다 갑자기 불안한 생각이 들었어.

"까망아, 엄마한테 아기가 안 생기면 어쩌지?"

그때 아파트 화단에 서 있는 살구나무가 보였어.

기분 탓일까?

아침에 보았던 아기 살구가 그새 큰 것 같아.

그리고 뜬금없이 경주랑 경주 언니 생각이 났어.

"그래. 동생이 빨리 안 생기면 경주네 언니처럼 입양하자고 할 거야. 꼭 동생을 갖고 말 거라고. 어쩌면 나이 차이 별로 안 나는 동생이 생길 수도 있어."

햇빛에 반짝이는 파릇한 잎사귀가 예뻐,

저 살구나무도 크게 자랄 것 같아. 증조할머니 집 살구나무처럼 말이야.

정말 근사할 것 같아.